Wolf Wondratschek

Einige Gedichte

Wir verpflichten uns zu Nachhaltigkeit

- Papiere aus nachhaltiger Waldwirtschaft und anderen kontrollierten Quellen
- Druckfarben auf pflanzlicher Basis
- ullstein.de/nachhaltigkeit

MIX
Papier
FSC FSC® C083411

ISBN: 978-3-550-05091-6

Umschlaggestaltung, unter Verwendung einer Zeichnung von Lilo Rinkens: brian barth, berlin
Das Zitat auf der Rückseite des Buches stammt aus dem Roman »Selbstbild mit russischem Klavier« (Ullstein, 2018) von Wolf Wondratschek.
Gesetzt aus Fairfield
Satz: LVD GmbH, Berlin
Druck und Bindearbeiten: CPI books GmbH, Leck

Wolf
Wondratschek

Einige Gedichte

Ullstein

Die Kunst, müde zu sein

In den Schlaf schlafen,
mit dem leichten Körper
eines Glücklichen.

Einer im Traum
gibt dir Feuer für
eine Zigarette.

Einer, der träumt,
wird sie rauchen.

Es ist, was den Kreis
vollendet, ein Punkt.

23 Uhr 01

Wie viel ich meiner Müdigkeit verdanke,
dem Glück, wenn ich nicht mehr weiß, was ich will,
wenn ich will, dass ich nicht mehr weiß, was ich will.
Nichts schöner, als sich nicht zu bewegen.

Ich bin, was ich nie werden wollte, glücklich.
Frauen legten mir die Liebe zu Füßen, die klügsten
und schönsten, die heute, ich weiß, so alt sind
wie meine Tage und Nächte. Eine blieb, klug
und schön, in der Nähe meines Todes.

Liebe mich, wie du die Nacht liebst,
die Einsamkeit, das Messer in der Hand
oder Spielkarten. Liebe mich, wie du
mit Männern redest, die mit am Tisch sitzen,
mit den Kindern, die dich bestehlen,
mit den Frauen, die ihre Mütter sind.
Dir fällt, sagt man, leicht, was gefährlich ist
und was man tun muss aus Liebe. Drum
bitte ich dich, mach, dass es hell wird,
die Sonne mich wärmt und die Vögel,
die singen, nie damit aufhören.

Klang deiner roten Schuhe

Mehr als mein Leben
werde ich den Wind vermissen,
der den Klang deiner roten Schuhe
von der anderen Hälfte unserer Erde
hierher trägt, um keinen Ton leiser
als Geschrei auf einem Spielplatz.

Deine roten Schuhe stehen heute
in einem Museum, wo es still ist
und nie ein Fenster offen steht
und ich den Wärter besteche, damit
er sich umdreht, wenn ich mit dir,
die ich nicht kenne, allein sein will.

Auf die Eintrittskarte schreibe ich,
was ich nicht weiß – und werfe sie
am Ausgang in den Papierkorb.

– Ich bin, sagte sie, diese Nacht
und noch eine, mehr nicht.
Und ich, mehr nicht, verliebte mich.
Schade, sagte sie.
Ja, sagte ich.

Die kleine romanische Kirche,
kleiner als der Bischof vor der Tür,
dem ich ein Trinkgeld zustecke.
Bis auf den Gekreuzigten ist niemand da.
Es ist Licht da, nicht viel, aber jede Menge
Stille nach dem Schlagen der Glocke.
Ein Esel schreit in den Mittag.
Ich würde dir einen Brief schreiben.
Ich würde dich bitten, hier zu sein.
Ich bitte dich, sag: Hier bin ich.

Um zu fallen

Wir sind uns nicht sicher, was die Liebe
von uns will, was ihr Kommen und Gehen
mit uns macht, was der Wein, den wir trinken,
was das Sommerkleid, das du trägst, auch wenn
es draußen schneit. Aber wir danken den Jahren,
den alten vergangenen und den jungen kommenden.
Irgendwann wird es passieren. Wir erheben uns,
um zu fallen. Und werden uns in alles, was wir
nicht verstehen, verlieben.

Wir wissen nichts, nicht viel.
Es weiß das Weinen von der Liebe
mehr als wir. Ein Lied, das einer,
der allein ist, singt, weiß mehr.
Ein Mann, der sich betrinkt, will,
was er weiß, vergessen. Und wenn es
nichts ist, was er weiß, auch das.

Der Wind, sagte sie, weiß alles.
Sie sagt solche Sachen. Er fängt deshalb
keinen Streit an. Vielleicht hat sie recht.
Frauen sind so, dass sie recht haben.
Er kam nicht dahinter, was es war, wenn man liebt.
Es muss, denkt er, eine Mitte geben,
die Mitte von allem, wie es bei Frauen
in der Mitte etwas gibt.

Eiswürfel

Sie wirft Eiswürfel in sein Glas,
fragt ihn nach der Lieblingsfarbe von Homer,
steht da, steht nicht da, das hat doch sonst immer
gewirkt, aber der Kerl mit dem Glas in der Hand
reagiert nicht.

Das Geräusch, das Eiswürfel machen,
die gegen Glas schlagen, gefällt ihm,
etwas, das sich, auch wenn es leicht
zu haben ist, nicht abnutzt.

Katze, Milch, Gott

Das Letzte, was Gott tat, war,
Milch in einen Teller zu schütten
und die Tür offen zu lassen.

Wie sollte alles gut werden ohne sie?

Na ja, einen Fußtritt hätte er ihr doch
noch gerne verpasst, weil sie zu viel wusste
von allem, was ihm misslungen war.

Er kann nicht lügen.
Das interessiert ihn.

Der Unterschied.
Die Lüge einer Frau.
Die Lügen der Männer.
Kinder, die mit den Lügen,
die sie erfinden, spielen.

Wo hat der Lügner seine blauen Augen her?
Was, wenn auch noch Großmutter anfängt zu lügen?
Das alles interessiert ihn.

Warum kann es keine Wahrheit an Eleganz mit einer Lüge aufnehmen? Weiß noch wer, was gespielt wird?

Die nicht widerlegbare Lüge.
Die durch Wahrheit geheiligte Lüge.
Die schöne Lüge, und noch eine?

Lass die Wahrheit warten, Liebling,
lass, was wahr sein mag, warten.
Lass den Tag warten, der nichts ist
gegen die Nacht, auf die ich warte.

Sie weiß, wann einer lügt, und dass es Spaß machen
kann mit so einem. Aber er kriegt es nicht hin.
Da hilft auch die nächste Zigarette nicht.
Schade, sagt die Frau, die ihm Feuer gibt.
Ich bin besser als die Wahrheit.

Ich will dir sagen, was Wahrheit ist: ein Mann,
der nach zwanzig Jahren in der Tür steht und sagt:
Wirklich nett, Sie kennengelernt zu haben!

Du bringst dich um oder fängst an zu beten, aber
in Wahrheit tust du nichts. Du fällst nur, wenn du
müde bist, einem Bett in die Arme, das leer ist.

Ein Lied, mehr nicht, ein paar leise traurige Töne.

Wie hätte er sie da nach dem Geschmack fragen sollen,
den eine Lüge im Mund zurücklässt?

Auf weißen Pfoten

Ich erwachte mit weißen Pfoten,
ging auf weißen Pfoten Zähne putzen,
hatte Lust, das Fenster zu öffnen,
und öffnete es.

Ein Vogel warf mir eine Feder ins Zimmer,
die den ganzen Tag nicht zu Boden fiel.

Kleine Paradiese und was nicht fehlen darf:

Ein Apfelbaum
Eine Nonne mit Gießkanne
In einer Ecke eine Bank

Machen wir nicht den Fehler, uns
mehr zu wünschen, zum Beispiel
freie Liebe, singende Raubtiere,
eine Nonne ohne Gießkanne

Kleiner Garten der Ruhe
Kleines Gärtlein des Verzeihens
Ort meines Scheiterns

Hunger ist alles. Alles ist Hunger.
Der Hunger ist das Kreuz auf dem Altar,
der Vers, der tanzt, der Schmerz, der uns gebar.
Es stört die Nacht, die klagt, kein Laut.
Der Hunger legt sich zwischen Bräutigam und Braut.
Er gräbt die Erde um, treibt Uhren an.
Die Toten stehen in der Luft, vom Hunger
aufgeknöpft wie Hosen, vernäht in die
Hälften der Welt. Es gehen die Gespenster heim.
Es geht kein Wind. Wer es gut meint, weint
und bleibt allein, bleibt allem fern,
was Frau war oder Mann.

Butterbrot essen mit einem Engel

Das ist ein Gedicht für einen Engel,
der damals hinter der Bar stand, Gläser
hinstellte oder abräumte, jedem zuhörte,
auch wenn er kein Wort von sich gab,
nie einen Tropfen Alkohol trank, aber,
obwohl er alle Hände voll zu tun hatte,
immer eine frei hatte für einen Joint,
wenn einer die Runde machte.

Ich mischte mich mit meiner kleinen Liebe
unter die Engel aller Jahrhunderte, arm und
unbemerkt, was an Gutem genug war.

Sie war keine Schönheit, aber jede Nacht
die Schönste, und ich fühlte mich wohl
am Ufer ihrer Theke.

Ewig leben, egal wie lange, bevor
Dinge wieder in Unordnung geraten.

Was hilft? Butterbrot essen
mit einem Engel.

Was Friseure wissen

Sie sagte ihrem Friseur:
Machen Sie einen neuen Menschen aus mir!

Das hört er von jeder seiner Kundinnen, jeden Tag.
Und noch nie wäre er diesem Wunsch nicht nachgekommen.
Und so geschah es. Runter mit den Locken!
Und Beine hoch auf eine bessere Zukunft! Und Augen zu!
Sie ist wie ich, denkt der Friseur, der auf kaputte Ehen
mit Humor reagiert und im Eisschrank nichts hat
als den besten Champagner.

Als sie die Augen wieder öffnete, war die Flasche leer
und der Spiegel, in den sie schaute, verschwunden. Auf
dem Boden lag, zu Zöpfen geflochten, ihr Leben.

In einer nicht fernen Nacht

Der junge Mann, mich und eine Flasche Wein vor sich
und hinter sich eine Blitzkarriere als Geschäftsmann,
versteht viel von der Welt, nur die Welt versteht er nicht.
Manchmal vor dem Einschlafen denkt er darüber nach,
aber jung, wie er ist, machen andere Gedanken auch Spaß,
an Badezimmer, Telefone, Lichtschalter.
Danach schläft er ein und schläft gut, um am Morgen
wieder in einer Welt zu erwachen, die zu verstehen
er sich aus Zeitgründen keine Mühe gibt.

Was er tut? Er kauft, verkauft, kauft wieder,
alles, Bibliotheken, Luxusautos, Lagerhallen, Villen.
Er ist erfolgreich, weil er das Risiko liebt, den Anteil
der Lüge daran und das Geld. Am liebsten würde er sich
auch noch in die Ideen des Zufalls einmischen.

In einer nicht fernen Nacht wird er schlecht schlafen
und aus dem Schlaf aufschrecken und es wissen, und
niemand und nichts, die Welt, das Geld, die Frauen
und die Frau, die er liebt, werden für ihn beten.

Sprung vom Dreimeterbrett

Heute ist Mama gestorben.
Mit diesem Satz, einem der berühmtesten ersten Sätze der Weltliteratur, beginnt ein Roman von Albert Camus.

Die Nachricht, die mich gerade erreicht, lautet auch so, jedenfalls so ähnlich. Heute ist Klaus gestorben, ausgerechnet der meiner drei Brüder, dem ich, obwohl der älteste von uns, die besten Chancen auf ein hohes Alter eingeräumt hätte.

Seit heute liegt auf meinem Tisch noch eine Nachricht, der radiologische Befund des Instituts für Bildgebende Diagnostik mit meine Gesundheit betreffenden beunruhigenden Auskünften. Unter anderem steht da: Sklerose der Aorta thoracica.
Ob es hilft, nachts das Licht brennen zu lassen?

An der Ecke hat zum Glück noch eine Bar offen.

Auch wenn alles erzählt ist, gibt es keinen Grund, mit dem Reden aufzuhören, nicht in einer Bar, nicht mit vielen Gedanken im Kopf.

Natürlich haben wir nie über den Tod gesprochen. Wir haben über unsere Eltern oder nahe und ferne Freunde, die gestorben sind, nicht wie über Tote gesprochen. Wir ließen sie, wie uns auch, aus Aberglauben am Leben.

Hilft, was die Dichter wissen? Der Tod, schreiben sie, riecht nach Pfeffer und Majoran. Er ist der Schatten, den der Stier wirft, der im Sand schwimmende Fisch. Nichts ist verloren gegen den Spieler, der immer gewinnt.

Als das Telefon klingelt, winkt der Wirt ab. Es sind die Frauen, die um diese Zeit anrufen, sagt er, und geht Gläser abwaschen. Frauen, die nicht mehr weinen.

Ich schaue auf den Tresen, der aus Holz ist, und denke, alles hier ist aus Holz, die Stühle, Wände, Streichhölzer. Papier ist Holz, der Totenschein, Särge.

In einem, denke ich, liegt mein Bruder. Ich bin nicht sicher, das verstehen zu können.

Mit den Augen ins Feuer, den Zähnen, den nackten Füßen! Was am Ende bleibt, passt in eine Handfläche!

Er schüttelt den Kopf. Der Schädel bleibt, und die Frage, ob nicht alles nur Theater ist. Mehr nicht, nur Theater! Ich meine, man muss sich das Ding doch nur anschauen. Ich kenne einen, der die Regale voll hat mit dem Zeug.

Einer wie jeder andere, sagt er, und schiebt mir ein Glas über den Tresen, ein Glas kaltes, klares Wasser.

Ich würde es, sage ich, vorziehen, mich zu besaufen.

Keine gute Idee, sagt er.

Los, sagt er, trinken Sie, und schaut mir zu, wie ich das Wasser und dann lange ihn anschaue.
Wenn Ihnen danach zumute ist, weinen Sie. Sie wären nicht der Erste, dem um diese Zeit danach ist.
Gestern saß hier einer, der mich bat, mit ihm zu beten.

Unzufrieden damit, so viel zu reden, redet er weiter.
Es ist um alle schade. Sie sind entweder zu jung oder zu alt.
Wie die Frauen, die nachts anrufen, zu jung oder zu alt sind.
Oder die Welt ist zu alt, unsere Gedanken, die Türschlösser, die nicht mehr richtig schließen. Ein Sterbender sehnt das Ende herbei, freut sich, wie er sagt, auf seine erste ruhige Nacht.

Der Tod, der Mann im Mantel, tut ihm den Gefallen, der Mann, der die Tage zählt, die einer in seinem Leben vertan hat.

Tot, sage ich, von einer Minute auf die andere.

Besser als in einem Altersheim vor die Hunde gehen, sagt er.

Mein Gott, sage ich, es begann mit einer verstopften Nase.
Ich meine, wenn es das ist, was einem passiert?

Der Wirt kommt hinter dem Tresen vor, geht zur Tür,
dreht den Schlüssel um und steckt sich eine Zigarette an.
Besser so, sagt er, und hält mir die Packung hin.

Wer raucht, kann endlich in Ruhe über das, was er denkt,
nachdenken.

Ich kann mir, sage ich, wenn ich an meinen Bruder denke,
keinen Augenblick seines Lebens vorstellen, der ihn zum
Raucher hätte machen können. Er hätte sich keine ange-
steckt, weder vor noch nach der Sintflut. Vielleicht war es
das, was Gespräche mit ihm schwierig machte.

Blitz und Donner, Regen und Wind, Kaffee und Zigaretten.
Es hätte so einfach sein können.

Die Zeit verstreichen lassen, bis nichts mehr wehtut,
nicht einmal das Wissen, dass es keine Geheimnisse gibt,
auch nach dem Tod nicht.

Wozu sterben?, sage ich. Wozu? Gestern war er,
bis zum letzten seiner Atemzüge, noch Gegenwart.
Nun ist alles, auch sein Atmen, nur noch Erinnerung.

Mit drei oder vier sprang er, noch bevor er schwimmen

konnte, im Schwimmbad vom Dreimeterbrett. Ich habe nie mehr einen glücklicheren Menschen gesehen.

Vielleicht trug er deshalb nie eine Armbanduhr.
Er war immer auf dem Sprung, ein kleiner Junge auf dem Sprung vom Dreimeterbrett. So einer hatte natürlich auch keine Zeit, Romane zu lesen oder sich zeitraubend zu verlieben.

Irgendwann hat er trotzdem geheiratet, und die Ehe war in Ordnung. Es hat mich aber, wie alles, was nichts ist als das, nie interessiert.
Hatte je eine andere Frau, die ihn anschaute, Interesse gezeigt an dem, was so in so einem Kopf vorgeht?

Keine Liebesbriefe. Keine Mädchen, die weinten. Keine Frau, über der er nicht, wenn es regnete, seinen Schirm hielt. Ob nicht alles, wenn er schlief und träumte, noch langweiliger war?
Wie reden mit jemand, der nie einer Frau zugeschaut hat, die sich die Haare kämmt? Wie mit ihm schweigen? Mit einem, der überhaupt glaubt, dass es Unglück bringt, eine Frau anzuschauen?
Warum war eine Frau Mitte zwanzig interessanter als ein hundertjähriger Baum?
Na ja, er kaufte Frischkäse, ich Zigaretten. Er trieb sich in Spanien herum, ich in einem Zimmer. Keiner brachte den anderen je zum Lachen.

Aber darauf war Verlass: er konnte einem Mann, der ihn beleidigt hatte, mit nur einem Faustschlag die Nase brechen.

Der Wirt nickt. Mehr kann man nicht tun, sagt er.
Ja, sage ich. Nichts, was ein anderer für dich tut.

Eigentlich beginnt er mich erst jetzt, wo er tot ist, zu interessieren.
Der Sprung vom Dreimeterbrett war interessant. Ein Geistesblitz sozusagen. Wie oft im Leben wiederholt sich so was?
Ich habe meinen Bruder um diese eine kurze Minute in seinem Leben immer beneidet.

Er hatte ein schönes Leben. Ein schönes Leben, das einmal war. Wie er jetzt selbst einer ist, der einmal war. Wie auch ich einmal einer sein werde, der einmal war.

Der Wirt schaltet den Ventilator aus, und die Außenbeleuchtung. Alles war einmal. Damit endet alles.

Abschied nehmen, das vergeht, sagt er. Es gibt sich. Irgendwann hört es auf, dass man zur Zigarette greift und denkt, es ist die Brille.

Ich habe das Wasser getrunken. Kaltes, klares Wasser.
Und dabei an den Sprung vom Dreimeterbrett gedacht,
den zu springen ich mich nie getraut habe, bis heute nicht.

Kennen Sie die Geschichte von dem alten blinden Mann, der bedauert, nie mehr die Farbe Schwarz sehen zu können? Er war darüber mehr als über seine Blindheit erbost!

Ich weiß auch bis heute nicht, was er mit der Kappe, die er immer aufhatte, beschützen wollte. Seine Augen vor der Sonne? Seine Ruhe? Ein Zahnstocher im Mund genügt doch, um seine Ruhe zu haben!

Oder Eiswürfel, sagt der Wirt, was immer funktioniert hat, wenn dir einer mit Geschwätz auf die Nerven ging. Geht nur nicht mehr. Meine Zähne machen nicht mehr mit.

Ich habe diese lächerliche Kopfbedeckung immer verabscheut, aber sie hatte, was ihn betraf, Vorteile. Nie würde jemand, wenn er sie trug, von ihm etwas wissen wollen über die Qualität eines Weins oder die Städte, die der große Alexander niederbrannte.

Es gab anderes, was ihm Bewunderung eintrug:
die weit ausholende Bewegung, mit der er Golfbälle schlug, seine Trefferquote, eingerechnet die Schmetterlinge, die er abschoss, die Bemerkung, sein Handgelenk sei intelligenter als er, seine Hüfte sei intelligenter, für eine Sekunde das einwärts angewinkelte Bein.

Er war jemand, der alles, was ich im Kopf, in seinem Körper zu finden hoffte. Er sprach davon wie von einer religiösen

Erfahrung. Wie eine kleine runde Kugel in den Himmel steigt, wie sie schwebt, wie sie fällt. In seinen Augen war, wenn er abschlug, die ideale Linie eingezeichnet, die er dem kleinen runden Ding zu geben gedachte. Und die Welt wäre, wenn es gelang, in Ordnung. Sie wäre schön wie die Ruhe an einem Tag voller Glück.

Ein makelloser Golfschlag!

Nicht zu fassen, denke ich, wie nah ich ihm war, in der Lächerlichkeit, im Wahn. Ich das Papier, er das kleine runde Ding vor Augen, beide auf der Jagd nach dem unwahrscheinlichen, unsichtbaren Glück.

Wie gut hätte das alles mit einer Zigarette im Mund geklungen. Wir hätten eine geraucht. Ich hätte ihm zugehört. Er hatte recht.

Zu spät, Bruder, schade.

Ich hätte jetzt wirklich gerne was getrunken, und sei es nur, um die Kraft aufzubringen, mich bei ihm zu entschuldigen.

Ich wäre, wenn der Schlag gelänge, selbst diese Kugel, sagte er.

Ich sehe mich heute noch, wie ich ihn angeschaut habe. Ich sehe sein Gesicht noch. Ein wenig, denke ich, war er schon damals, bei seinem Sprung vom Dreimeterbrett, so eine Kugel.

Auf meine Frage, was einen guten Schlag ausmache, sagte er: das Gefühl, mehr getroffen zu haben als nur einen Golfball. Etwas zu gleichen Teilen aus Kraft, Geduld und Genauigkeit. Man kann sich, sagte er, Erfolg nicht nehmen wie eine Frau.

Donnerwetter! Das hat er gesagt?

Er hat es, weil ich nicht glauben wollte, es aus seinem Mund gehört zu haben, sogar wiederholt. Er, der sich nie zu einer Bemerkung über Frauen hat hinreißen lassen, in keiner Weise, in keinem Zusammenhang.

War offensichtlich kein übler Bursche, Ihr Bruder.

Der Wirt nimmt das Geld aus der Kasse, nimmt die Schale mit den Zitronenscheiben und stellt sie, mitsamt der Fliege, die sich darauf niedergelassen hat, in den Eisschrank und greift zur Jacke.

Männer, die über Frauen reden, hat er jeden Tag, Männer, die nicht einmal, wenn sie schlafen, damit aufhören. Sie reden über Frauen, aber was sie wirklich brauchen, sagt er, sind nicht Frauen. Was sie brauchen, ist der Vater, den sie nicht gehabt haben, weil der eigene abgehauen ist, sie ihn nie gekannt oder gesehen haben, nicht einmal auf einem Foto.

Er redet, während er seine Jacke anzieht.

Sie trinken, ohne jegliches Anzeichen von Interesse, und fallen in Stimmungen hinein. Und ich bin der, der sie am Hals hat. Manchmal denke ich, ich sollte sie einfach da sitzen lassen, sie alle einschlafen und schlafen lassen, meine Helden, und nach Hause gehen.

Keine Hand auf der Schulter, kein Klaps, kein gutes Wort, und nie, wenn man etwas ausgefressen hatte, eine richtige Abreibung, nichts, woran sich ein Junge ein Leben lang erinnert. Er ist es, den sie suchen. Sie suchen nach ihm, bis sie umfallen, aber der Suff hat keine Adresse, keinen Namen und kein Gesicht.

Frauen haben das alles.

Das ist bei mir hängengeblieben, sagt er, dass es keinen gibt, der nicht beim Trinken irgendwann von einer großen Frau träumt. Er lacht. Einer großen Frau mit kleinen Füßen.

Wie mich Mitleid langweilt, mein Mitleid mit allen und allem. Ich hasse mich dafür, sie gern zu haben, immer noch, immer wieder. Aber ich bin nicht da, um ihnen den Alkohol auszureden. Ich bin Wirt. Ich verkaufe ihn. Ich lebe davon.

Er kratzt sich am Kopf. Besser, man denkt über solche Dinge gar nicht nach. Verdammtes Pack! Das Schlimmste ist nicht, dass sie krepieren. Es sind die Nächte auf dem Weg dahin.

Ich höre nur halb hin, weil ich an meinen Bruder denke und ich die Gedanken, die ich habe, nicht an mich drücken, nicht umarmen, nicht fest im Arm halten kann. Ich weiß nicht, wie mutig man sein muss, um das zu können.

Wie vorsichtig wir mit unseren Berührungen waren. Kein Verdacht, wie bald es dem, der lebt, leidtun könnte. Aber das ist nur eine Tatsache.

Das andere sind Fragen. Wusste wer, wer der Fremde war, der da lag? Standen Leute herum? Wer war bei ihm? Was nimmt einer, der stirbt, mit? Was belohnt die Mühe, gelebt zu haben? Da kein Wunder geschah, öffnete einer ein Fenster.

Das muss er, von wo aus auch immer, alles gesehen haben, dieses Land der leeren Brunnen, der nie nutzlosen Glockentürme,der von Armut geheiligten Prozessionen. Männer auf Pferden, die er nach der nächsten Tankstelle fragt. Männer, die Knoblauch kauen. Männer, und die Sonne ging unter, mit Messern.

Hätte ich auf einer Fahrt in einem Auto mit ihm reden können? Hat er, wie er die Welt sah, auch vor sich selbst verheimlicht?

Der Wirt hält mir die Tür auf, die er dann hinter uns abschließt.

Man muss bereit sein, an einem Priester, der einen Schäferhund dabeihat, nichts ungewöhnlich zu finden.

Was ihren Bruder betrifft, sagt er, lassen Sie ihn, lassen Sie ihn schlafen! Und lassen Sie auch, was Sie denken, schlafen. Und reden Sie nicht. Wer redet, hört die Toten nicht.

Unter freiem Himmel

Ein Tag wie einer aus einem anderen Jahrhundert,
und – was immer man darüber denken mag –
eine Windstille, wie wenn man vor einem Gemälde
die Luft anhält, die Augen schließt und sich vor Glück
mit dem Mädchen, das nicht da ist, ins Gras, das nicht
da ist, wirft. Zuerst wankte der Turm, die Kuppel dann,
dann jeder einzelne Stein, jeder Ziegel. Mosaike
zersprangen, Glasscheiben, Altargeschirr, Taufbecken,
das Chorgestühl, die fest umschlossenen Reliquien,
die Säulen gaben nach, die Tafeln mit den Bischofsnamen,
die Bodenplatten ihrer Gräber, der Boden selbst gab nach,
die Heiligen, als ob sie schliefen, lagen auf dem Bauch
beieinander, nicht unzufrieden, wie es schien, befreit
aus der Gefangenschaft von Dunkelheit und Kälte.

Nur die Glocken blieben, als sie aufschlugen, heil.
Ein Nebengebäude, ein Heim für junge Schwestern,
fiel in sich zusammen. Nachdem man sie ausgegraben hatte,
wuchsen ihnen Federn. Sie sahen wie nie Dagewesenes aus.
Sie tauschten die Farben, die die Maler benutzt, die Hände,
die sie gemalt hatten, die Haare, aus denen das Licht tropfte.
Was dagegen sind Kunstwerke in einem Museum?

Daraus wird, wenn man sie gesehen hat, kein Gebet,
das Steine in Staub verwandelt und Federn in Farbe
und das Mädchen, das nicht da ist, in eines, das da ist.

Das Auge des Hasen

Ich weiß nicht mehr, was ich denken soll,
ich weiß es einfach nicht, sagte er. Vielleicht
streichen sie uns von der Landkarte, sprengen uns
mit den Kirchen, die sie verabscheuen, in die Luft,
vergewaltigen unsere Schönheitsköniginnen.

Und all die Bücher in den Regalen? Was tun?
Sie, wie wir uns das doch so oft schon vorgenommen
hatten, vor ihrer Vernichtung auswendig lernen?

Die Erde ist nicht so, wie ich sie, wenn ich bei meinem
Zahnarzt im Stuhl liege, an der Decke seines Behandlungs-
zimmers auf einer Karte ausgebreitet sehe, die Kontinente,
ihre Umrisse, ihre Farben. Es könnte, sagte er, schön sein,
dort zu leben. Da oben ist auch weit und breit kein
Zahnarzt zu sehen!

Es riecht nach Ende, sagte er. Sie werden alles, woran wir
glauben, verbieten, Gott, den Schnaps und die Beine der
Frauen, nach denen wir uns umschauen. Nachtschwärmer
und Ehebrecher haben ausgespielt. Die jungen Mädchen
verlieben sich in die Waffen, die sie ihnen in die Hand

drücken. Sie arbeiten daran, auch daran, dass eines Tages vor der Tür mein abgeschnittener Kopf liegt. Sie lieben uns nicht. Sie lieben das Schwert und ihr Schweigen. Der Mund im Gesicht beantwortet keine Fragen.

Was denken Sie darüber? Es geht über Grenzen und über den Verstand. Ob wir das Sterben nicht doch verdient haben? Ein Besuch in einem Delikatessengeschäft neulich hat mir zu denken gegeben. Und die Börsenberichte auf einem Monitor in der Bank daneben. Und der russische und der amerikanische Außenminister gestern im Fernsehen, die in jede Hand, die sich öffnet, den Nagel schlagen.

Mein Nachbar, ein Dichter, trinkt nur noch.

Die Frau am Fenster, die raucht

Ich denke an die Frau, die jede Nacht
oder noch später, viel später noch, dünn
wie Grüntee, aus dem Licht ihrer immer
hell erleuchteten Wohnung zum Fenster
tritt, behutsam, um keinen, der schläft,
zu wecken und sich, mit dem Rücken
mehr zur Welt als zu allem anderen.
die Zigarette anzündet.

Das ist alles, aber es ist alles.

Die Frau des Briefträgers

Die Haare grau, das Herz ohne Interesse an dem,
was man fehlerfreies Funktionieren nennt.
Was morgens aus dem Bett kriecht, ist erst
gegen Mittag halbwegs wieder eine Frau!

Ich sehe die Sterne nicht, nicht ohne Brille,
die Träume nicht in meinem blinden Schlaf.

Ich war ein gutes Mädchen, in jeder Hinsicht.
Die Männer, wie Männer es eben tun, liebten mich.
Ich konnte auftrumpfen. Sie macht die Sonne heiß,
sagten sie.

Hatte Hände, ein Gesicht und Beine,
was gab's da nachzudenken?
Ein Mann muss wissen, was er sieht
und was, wenn er ein Mann ist, passiert.

Die mich liebten, sind nicht mehr.
Hab den geheiratet, der mir ihre Liebesbriefe ausgehändigt hat,
den Briefträger! Wenn man sich jeden Tag sieht,
was sollte ich machen?

Zuerst lachte ich, dann war ich verlegen,
und dann schaute ich mir den Mann an.
Ein einfacher Mann, einfach ein Mann.
Auf was sonst, frage ich Sie, kommt es an?
Er tat, was eine Frau mag. Er hatte mich lieb,
und nicht mal, als er starb, hörte er damit auf.

Er war vielleicht etwas schwachsinnig,
aber kein Schwindler.

Brot
(für Raoulito)

Keine Butter, kein Fett, kein Fleisch,
nichts, aus dem in Schlachthöfen Blut geflossen ist.
Keine Eier, die keiner ernst nehmen kann.
Keine Tomaten, die nicht mehr wie welche aussehen.
Keine Erdbeeren im Dezember.
Keine Bananen aus Diktaturen.

Kein Apfel, der nicht vor deinen Augen
vom Baum gefallen ist.

Hände weg von allem, was Großmutter um den Verstand
gebracht hätte. Was ihr Autorität verlieh, war ihre Stimme.
Sie musste nur sagen: Geh Brot kaufen.

Die Männer auf den Gleisen
(für Raoulito)

Ich habe sie in Mexiko gesehen,
die Männer auf den Gleisen,
Männer, die gehen und gehen,
jeden Tag ihre vierzig Stunden,
und das Tag und Nacht,
ohne Papiere, ohne Geld,
von Hunden durch Himmel und Hölle gehetzt,
immer den Schienen entlang nach Norden
auf der Suche nach allem, was sein wird.

Die Grenze, von der sie träumen, das Gras,
die Bäume, der Sand, alles aus Stacheldraht.
Aber alles in ihnen blutet schon jetzt.

Sie sind am Ersticken vor Hunger
und vor Durst fast schon keine Männer mehr!
Ob Feuer aus einer Ratte eine Mahlzeit macht?
Selbst Kinder nehmen sie ins Visier.

Es sind nicht die, die eine Gitarre dabeihaben.

Wenn ein Zug kommt, springen sie nach links
oder nach rechts oder springen auf.

Auch ein toter Mann braucht manchmal Glück.

Für Raoulito
(zum 26. Geburtstag)

Weißt du noch,
wie du einmal einem alten Mann
über die Straße geholfen hast?
Und wie er sich bei dir bedankt
und gesagt hat:

Wenn du einmal so alt bist wie ich,
werde ich mich revanchieren?
Heute – an deinem Geburtstag –
denke ich an euch beide.

Für Raoulito

Hab' ich dir nie die Geschichte erzählt
von der Frau, die drei Mal klingelt?
Aber es klingelte nie drei Mal.

Es war wie immer. Es gab das Warten.
Das immerhin gab es. Warten auf etwas,
auf das zu warten man nie müde wird.

Was tun? Einen Brief schreiben? Wenn
du nicht weißt, an wen, schreib ihn an dich.
Hör zu, was er dir erzählt.

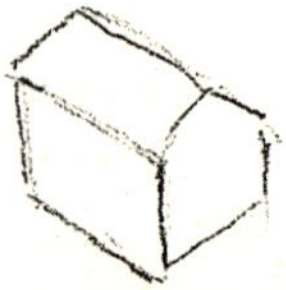

Was ich sehe, wenn ich die Zeichnung mit dem kleinen Haus anschaue

Ja, es ist ein Haus, ganz bestimmt, kein bestimmtes Haus,
ein Haus, das mit der Idee spielt, eines zu sein.
Deshalb braucht es keine Landschaft.
Es leuchtet ein, dass es keine Türen gibt, keine Fenster, auf dem Dach keine Ziegel.
Ob es Zimmer gibt? Ich hoffe, nicht.
Mit dem Auto käme man nicht einmal in die Nähe eines solchen Hauses.
Ob es bewohnbar ist? Wenn, dann von Träumen, die es in Häusern mit Fenstern, Türen, Tischen, mit Blumen in Vasen und Vorhängen und Nachbarn schlecht aushalten, die es überhaupt in Häusern nicht aushalten, jedenfalls nicht lange.
Man kann das Haus nicht nur anschauen, man kann es, schaut man es nur lange genug an, hören, auch wenn man, was man hört, nicht versteht.
Ganz klar ist es kein Haus für Journalisten.
In so einem Haus könnte sich ein Igel in eine Eule verwandeln, eine Kralle in eine Hand, eine Katze in ein Buch, ein Tropfen Wasser in eine Kerze.
Ob man da wohnen möchte? Wenn man den Mut hätte!
Es ist, das sieht man, gleichzeitig Tag und Nacht.

Da wohnt der Mond, könnte jemand sagen und vor Freude vergessen, sich zu fürchten.
Ein zeitloses kleines gewöhnliches Haus.
Ein Haus, das die Erinnerung gebaut haben könnte.

Wenn nur alles so einfach und richtig sein könnte wie dieses kleine Haus.
Schön, wenn ein Bleistift genügt, es zu bauen.

Die Nachtigall ist wieder da, schreibt Jim Rakete,
wir werden die Nacht zusammen verbringen, wie ich
hören kann.

In Wien höre ich meine Bleistifte unruhig werden.
Jeder von ihnen weiß, dass er schon lange keinen Satz
mehr zu Papier gebracht hat von solcher Schönheit.

Das ist es, und sie wissen es.
Das ist es: Schönheit ist Einfachheit.

Da liegen sie auf dem Tisch,
zu faul für Einfachheit und Schönheit,
als hätten sie alles vergessen.

Der Bettler will nur Feuer für seine Zigarette
und schaut dann, zufrieden rauchend, zum Himmel.
Der Briefträger wirft, bevor er zum Himmel schaut,
meine Post, wo sie hingehört, in die Mülltonne.
Meiner Nachbarin, schwerhörig wie ihr Hund,
kommt, seltsam genug, kein lautes Wort über die Lippen.
Und was ist mit dem Obsthändler, dem Schuhmacher,
dem Schneider? Da stehen sie, die ohne den Streit,
den sie miteinander haben, gar nicht leben könnten,
und schauen, an ihren Kunden vorbei, zum Fenster hinaus
und hinauf zum Himmel, unansprechbar.

Niemand, der nicht zum Himmel schaut!
Auch die Frau, die sich vom Arm ihres Mannes gelöst hat,
bleibt stehen und schaut, einer Marienerscheinung ähnlicher
als einer Ehefrau, zum Himmel. Der Rauchfangkehrer,
das Schereisen und die Stoßbürste über der Schulter, hat es,
als er um die Ecke biegt, plötzlich alles andere als eilig.
Ein Himmel ist nichts, was ihn je interessiert hat,
aber da steht er und schaut und schaut, ohne sich
zu rühren, in die tiefe blaue Unendlichkeit hinauf.

Kein Hund bellt. Keine Fliege summt, nicht eine.
In den Schulen, in den Straßen draußen, in den Herzen
der Menschen ist aller Lärm verstummt.

Ich sehe, als auch ich schließlich zum Himmel schaue, was Kindern gelingt, wenn sie den Himmel zeichnen und der Wind die Buntstifte, die sie in der Hand halten, durcheinander schüttelt, die Sonne dahin und dorthin, die Wolken wie Wolle, die vom Regen nass geworden ist. Und Vögel gibt es, schwarze Vögel, was sonst. Und Flugzeuge, von denen gesteuert, die sie malen.

Endlich nimmt auch der Mann, dessen Augen sie nie gesehen hat, die Sonnenbrille ab.

Die Zimmerdecke

Da lag einer, der hochschaute zu mir.
Er sagte nichts, er redete nichts. Nichts,
schon damals, was er lieber getan hätte.

Ich sehe ihn noch, wie er in seinem Kinderzimmer
in seinem Elternhaus seine erste Zigarette rauchte.
Damals waren Eisbären noch aus Eis.

Warum schaute er nicht den Himmel an?
Oder die Frau, die mit den Augen einer Frau?

Er lag da, schaute hoch und rauchte,
wie Männer es in Absteigen tun.

Er war weder ruhig noch unruhig,
nicht einmal im Schlaf in Sicherheit vor
bekannten und unbekannten Gefahren.

Es hat nie aufgehört. Ich meine,
ich bin nur eine Zimmerdecke,
aber es hat nie aufgehört.

Ein Atemzug genügt,
die Flamme erlischt,
es wird dunkel.

Die Streichhölzer sind alle,
und niemand auf der Welt hat welche.

Nicht ein Gedanke, der zündet,
kein Lächeln, was doch sonst immer geholfen hat,
kein Klopfen an einer Tür.

Niemand hört dich, sieht dich, liest deine Briefe.

Gibt es Medikamente, gut gegen Dunkelheit?

Ist, was zu tun bleibt, nur dies:
von Toten lernen, nicht zu atmen?

Es ist,
was nicht aufhört,
der Anfang.

Einmal war es so.
Einmal wird niemand mehr da sein.
Niemand wird die Geschichte erzählen,
wie es einmal war, wie der Anfang nicht aufhörte,
wie er in alles, was da war, hineinwuchs,
wie der Wind alles gefährlich machte,
das Feuer, das Meer, die Männer,
jeder, wie sich herausstellte, ein Irrtum,
am Ende nichts, nichts am Ende.

Lastwagen, mit Kamelen beladen, durchqueren die Wüste.
In jedem Staubkorn, du hörst es, Unruhe.
Niemand gelingt es mehr einzuschlafen.
Was immer wir von den Glücklichen halten,
nichts kommt mir besonders geglückt vor.
Die Geschichte, was hätte sein können!
Die Suche nach dem ruhenden Punkt,
vor allem Anfang vollendet.

Frühling mit Fliege

Da ist sie wieder, und das schon seit Tagen.
Na gut, mit den Jahren friedlicher geworden, packt
mich trotzdem jedes Jahr wieder die kalte Wut.
Bin ich Müll? Eine verschwitzte Socke? Der Rest
einer Erdbeertorte? Wo ist die Zeitung oder ein Besen,
um sie zum Teufel zu jagen? Ich will doch nur
in Ruhe das Buch lesen, das mich interessiert?

Pass auf, sage ich ihr, die es nicht lassen kann,
mich zu ärgern, nicht frech werden! Kapiert?
Erst gestern habe ich eine Kollegin von dir
mit einem Eierlöffel erschlagen!

Aber ich erwische sie nie, sie schlägt Haken
wie ein Hase. Nichts zu machen! Also sage
ich mir, okay, kleines tapferes Tier, zeige
ihr, falls sie Hunger hat, den Rest Parmesan
in der Küche und den Klecks Marmelade
auf dem Brotmesser und wo das Fenster ist,
das offen steht, und hoffe, sie versteht und
verschwindet. Wäre das nicht besser?

Ich versuche, so gut es geht, ruhig zu bleiben,
aber es kann einen in den Wahnsinn treiben,
wie sie sich aufführt, so völlig unbeeindruckt
von dem Buch in meiner Hand und meinem
Versuch, die Sache friedlich zu regeln.

Flieg, kleine Fliege! Flieg davon! Hau ab!
Be, bitte, a good boy! Auch wenn ich weiß,
du bist heiß auf meinen Körperschweiß.

Aber sie stellt sich dumm, fliegt weiter nur immer
im Zimmer herum, immer nah an meiner Nase vorbei
und ihrem, ich schwöre, wohlverdienten Ende.

Gedanken

Ob Gemüse in der Pfanne
oder die Liebste am Telefon oder
nur mal wieder kein Klopapier,
man sieht sie nicht kommen.

Steh mir bei, wenn das wieder losgeht!
Steh mir bei, wenn der Mond wieder durchdreht!
Steh mir bei, guter Gott, von dem geschrieben steht,
dass er der Gnädige ist, der in allem Allmächtige!

Was hat Mozart mit Hitler in meinem Zimmer zu suchen,
in dem ich den ganzen Tag im Bett liege, unentschlossen,
unnütz, die Stunde erwartend, die mich zum Mörder macht
an jedem Gedanken, der mich beim Nachdenken stört?

Einer an der Wand, unterm Bett einer,
vor dem Spiegel, vor dem Einschlafen.

Du steckst Wäsche in die Waschmaschine,
suchst die Wohnung nach einem Pflaster ab
und findest eine Frau in der Küche,
die Simone de Beauvoir liest.

Warum hat mir das keiner gesagt,
am besten vor meiner Geburt?

Sie machen, was sie wollen,
auch sonntags.

Gesang

Erklär das einem Kind!
Erklär einem Kind, was Kriege sind.
Erklär ihm die Toten, die Tränen.
Erklär ihm das Lachen derer, die töten.
Erklär ihm die kommenden Tage.

Was ist heilig an einem Ort,
wo man ein Loch in die Erde gräbt?
Wo auf den Weltkarten sind sie eingezeichnet,
der Schmerz, das zu Bergen getürmte Blut,
das in Krieg und Frieden zerrissene Kleid?

Auch Mörder beten, erklär ihm das.
Erklär ihm die Sonne, den Hunger,
den schlafenden Gott. Ob es versteht,
welche Gewalt von leeren Mägen ausgeht?

Schenk ihm einen Hund und schlachte ihn
vor seinen Augen, brich ihm alle Knochen,
es wird dich in seiner unschuldigen Liebe
für einen Zauberer halten.

Singe, was du zu sagen hast,
was du verstehst und nicht verstehst.

Bäume singen, der Wind singt.
Sogar die Stille tut es. Gib jedem, singt sie,
seinen gerechten Anteil am Leiden aller.

Der Himmel war eine Erfindung der Götter.
Die Götter waren eine Erfindung der Dichter.
Die Dichter waren Götter.

Nachts, Dichter und Götter schliefen schon,
waren – von einigen Liebespaaren abgesehen –
die Himmelsbeobachter die einzigen,
die nicht schliefen.

Keiner von ihnen konnte je wieder schlafen.
Keiner von ihnen ging je wieder in die Kirche.
Keiner las je wieder ein Buch.

Und doch fehlte etwas.
Etwas fehlte auf Erden wie im Himmel.
Und nannten es Liebe.

Kein Interesse

Als ich aufwachte, wusste ich es.
Es gab keinen Zweifel, dass ich es wusste.
Ich hatte, das war es, an dem, was ich wusste,
jedes Interesse verloren. Wie lange ich darauf
gewartet habe, die ganzen letzten Jahre, meine
letzten, meine letzten glücklichen.

Also fing ich an damit, die Sache auf den Punkt
zu bringen, ohne zu wissen, was die Sache war,
was das richtige Tempo, was das Gefühl reiner
Zeitverschwendung.

Venedig

Wie hatte die Frau gesagt?
Sie liebe Venedig, alles dort sei wie sie, alt und müde,
das Wasser, das Licht, die alten Meister, die es malten.
Selbst die Sonne sei alt und müde, die Steine, alles,
was einmal war. Wer hätte Mitleid mit Venedig?

Sie hatte es gehabt,
das meiste von dem, was eine Frau haben kann.
Sie war bewundert worden, sie war geliebt worden,
sie war gewachsen und geschrumpft.

Sie hatte die Männer singen hören im Schlaf.
Sie waren dem Wunder, Männer zu sein, nie näher.
Was sie davon hatte? Die Jahre vergingen.

Mit allem, was sie getan hatte, mit allem,
was sie geliebt und woran sie geglaubt hatte,
war es vorbei. Sie trug jetzt, als sei sie tot,
eine Sonnenbrille. Sie tat, was sie konnte.
Sie rauchte.

Es sah immer noch gut aus, wie sie die Zigarette hielt.

Es hätte überall sein können, aber dann war es Venedig,
diese schöne letzte Lüge.

Gib einem Mann Geld, sagte sie,
und er singt ein Lied für dich.

Indische Nacht

Es kommt vor, dass wir in Zügen sitzen,
die durch die gelbe indische Nacht fahren.
Wir haben aufgehört zu schlafen.
Wir glauben nicht mehr, dass wir träumen.
Ja, es kommt vor! Es kommt vor, dass es dort,
wo wir hinfahren, keine Bahnhöfe mehr gibt,
keine anderen Reisenden außer uns,
am Ende nicht einmal mehr den Zug,
in dem wir sitzen.

(nach Ezra Pound)

Das Erscheinen dieser Gesichter in der Menge
Asche, die aufgeht in Flammen

Onkel Jeroschki's Hochzeitsreise

An der Bushaltestelle
nahmen sie die Kutsche nach Athen,
wo sie das Flugzeug zum Mond nahmen,
dann ging's zu Fuß durchs Weltall, wo,
wenn seine Berechnungen stimmten,
der Augenblick gekommen war,
sie zu küssen.

Schach mit Shakespeare

Komm, spielen wir eine Partie,
weiß und schwarz und schweigend.
Die Figuren, geschnitzt aus den Knochen
unserer Ahnen, das Brett von der Größe
des Universums, genug Platz für Siege
und Niederlagen und Intrigen, aber was tun,
wenn ihm – nein, er hat nichts getrunken,
noch nicht – nach einem beiläufigen, aber
kaltblütig ausgeführten Mord zumute ist?
Auch ist ein König, der nicht sterben darf,
nicht ganz nach seinem Geschmack. Tröstlich
allein, dass hier, wie auch sonst auf der Welt,
keinem zu trauen ist. Und spielt hier keiner
zum Tanz auf? Fehlen denn in den von Türmen
bewachten Alleen nicht die Liebespaare?
Was tun mit dem Pack der Bauern, mit der
elenden Gewohnheit der Läufer zu laufen,
den Haken schlagenden Pferdchen?
Wer ist der blinde Mann, der uns zuschaut?
Hat er recht mit dem, was er sagt?
»Gott rückt den Spieler, dieser die Figur.«
Das macht drei Dichter hier am Tisch.

Es muss, sagt einer von uns, wie ich spiele,
der Dame gefallen, und wirft ihr aus dem
Publikum eine Rose auf die Bühne.

Oppenheimer

Der Mann kannte viele Arten der Einsamkeit,
die alltäglichen und gewöhnlichen jedes Mannes,
der hin und wieder seinen Namen auf ein Papier schreibt,
nachdem er an die Liebe zu seiner Frau und die vielleicht
noch größere Liebe zu seinen Kindern gedacht hatte.
Wie hätte er ihnen etwas von der Pflicht erzählen können,
eine begonnene Sache zu Ende zu bringen?

Nichts weiter ist es, was er in dieser Nacht in diesem Haus
in der amerikanischen Wüste gerade tut. Aber diese Einsamkeit
war eine andere. Es war ein Ausbluten.

Nirgendwo war die Welt älter als in den Wüsten,
und die Weisheit, die keine Schuhe trägt, sucht, nachdem
die letzte geraucht war, nicht nach Zigaretten. Er weiß es,
und auch das: die Berechnungen sind in Ordnung.

Er zieht einen Band von Baudelaire aus der Tasche
und liest, bis es hell wird, Gedichte. Dann, Sekunden
vor der Detonation der ersten Atombombe, legt er
seinen Finger zwischen die Seiten.

Wie sich schützen vor dem tödlichen Licht?
Mit der Lüge, wie Kinder sich schützen,
wenn sie sagen: Ich war's nicht?

Pasolini

Er weiß alles.
Er denkt. Er zweifelt. Aber er weiß alles.
Er weiß mehr als der Himmel weiß.
Er würde für das, was er weiß, alles tun.

Er zieht ein frisches Hemd an, bindet
sich seine Krawatte – und tut es.
Er wirft den Vogel, den er in der Hand hat,
ins Feuer, nimmt die Kamera und filmt,
was jeder, ob er will oder nicht, versteht:

das Tier, das mit seinen Flügeln das Feuer,
in dem es verbrennt, immer neu entfacht.

Kissin auf YouTube

Kissin spielt Beethoven,
über die Tasten gebeugt wie ein Leser über ein Buch,
mit einer Konzentration, die alles Eilige nicht kennt.
So einen Leser, das weiß ich jetzt, gibt es also,
auch wenn er, die ganze dunkle Ruhe einer letzten
Wahrheit in Händen, vor einem Klavier sitzt.

Nichts, was geschrieben, ist heilig,
aber macht es nicht kaputt.